# LES NUITS BLANCHES

Fédor Dostoïevski

Traduction par Ely Halpérine-Kaminsky.



ISBN: 9789982470988

# Les Nuits Blanches[1]

*Et n'était-ce pas sa part de bonheur,*
*Vivre seulement un instant*
*Dans l'intimité de ton cœur ?*

*Iv. Tourgueneff.*

## SOMMAIRE


| | |
|---|---|
| PREMIÈRE NUIT | 1 |
| DEUXIÈME NUIT | 17 |
| HISTOIRE DE NASTENKA | 33 |
| TROISIÈME NUIT | 47 |
| QUATRIÈME NUIT | 57 |
| LE MATIN | 69 |


---

[1] On appelle *Nuits blanches*, à Saint-Pétersbourg, cette époque de l'été où le soleil se couche vers neuf heures du soir et se lève vers une heure du matin.

# PREMIÈRE NUIT

La nuit était merveilleuse, — une de ces nuits comme notre jeunesse seule en connut, cher lecteur. Un firmament si étoilé, si calme, qu'en le regardant on se demandait involontairement : Peut-il vraiment exister des méchants sous un si beau ciel ? — et cette pensée est encore une pensée de jeunesse, cher lecteur, de la plus naïve jeunesse. Mais puissiez-vous avoir le cœur bien longtemps jeune !

En pensant aux « méchants », je songeai, non sans plaisir, à la façon dont j'avais employé la journée qui venait de finir. Dès le matin, j'avais été pris d'un étrange chagrin : il me semblait que tout le monde me fuyait, m'abandonnait, qu'on me laissait seul. Certes, on serait en droit de me demander : Qui est-ce donc ce « tout le monde » ? Car, depuis huit ans que je vis à Pétersbourg, je n'ai pas réussi à me faire un seul ami. Mais qu'est-ce qu'un ami ? Mon ami, c'est Pétersbourg tout entier. Et s'il me semblait ce matin que « tout le monde » m'abandonnait, c'est que Pétersbourg tout entier s'en était allé à la campagne. Je m'effrayais à l'idée que j'allais être seul. Depuis déjà trois jours, cette crainte germait en moi sans que je pusse me l'expliquer, et depuis trois jours j'errais à travers la ville, profondément triste, sans rien comprendre à ce qui se passait en moi. À Nevsky, au jardin, sur les quais, plus un seul visage de connaissance. Sans doute, pas un ne me connaît parmi ces visages de connaissance, mais moi je les connais tous et très particulièrement ; j'ai étudié ces physionomies, j'y sais lire leurs joies et leurs tristesses, et je les partage. Je me suis lié d'une étroite amitié (peu s'en faut du moins, car nous ne nous sommes jamais parlé) avec un petit vieillard que je rencontrais presque tous les jours, à une certaine heure, sur la Fontanka. Un vénérable petit vieillard, toujours occupé à discuter avec lui-même, la main gauche toujours agitée et, dans la droite, une longue canne à pomme d'or. Si quelque accident m'empêchait de me rendre à l'heure ordinaire à la Fontanka j'avais des remords, je me disais : Mon petit vieillard a le spleen. Aussi étions-nous vivement tentés de nous saluer, surtout quand nous nous trouvions tous deux dans de bonnes dispositions. Il n'y a pas longtemps, — nous avions passé deux jours entiers sans nous voir, — nous avons fait ensemble simultanément, le même geste pour saisir nos chapeaux. Mais nous nous sommes rappelé à temps que nous ne nous connaissions pas et nous avons échangé seulement un regard sympathique.

Je suis très bien aussi avec les maisons. Quand je passe, chacune d'elles accourt à ma rencontre, me regarde de toutes ses fenêtres et me dit : « Bonjour ! comment vas-tu ? Moi, grâce à Dieu, je me porte bien. Au mois de mai on m'ajoutera un étage. » Ou bien : « Comment va la santé ? Demain on me répare. » Ou bien : « J'ai failli brûler, Dieu ! que j'ai eu peur ! » etc. D'ailleurs, je ne les aime pas toutes également, j'ai mes préférences. Parmi mes grandes amies, j'en sais une qui a l'intention de faire, cet été, une cure chez l'architecte ; je viendrai certainement tous les jours dans sa rue, exprès pour voir si on ne la soigne pas trop, car ces médecins-là !... Dieu la garde !

Mais je n'oublierai jamais mon aventure avec une très jolie maisonnette rose tendre, une toute petite maison en pierre qui me regardait avait tant d'affection et avait pour ses voisines, mesquines et mal bâties, tant d'évident mépris, que j'en étais réjoui chaque fois que je passais auprès d'elle. Un certain jour, ma pauvre amie me dit avec une inexprimable tristesse : « On me peint en jaune ! les brigands ! les barbares ! Ils n'épargnent rien, ni les colonnes, ni les balustrades... » et en effet mon amie jaunit comme un citron. On eût dit que la bile se répandait dans son corps ! Je n'eus plus le courage d'aller la voir, la pauvre jolie ainsi défigurée, ma pauvre amie peinte aux couleurs du Céleste Empire !...

Vous comprenez maintenant, lecteur, comment je connais tout Pétersbourg.

Je vous ai déjà dit les trois journées d'inquiétude que je passai à chercher les causes du singulier état d'esprit où je me trouvais. Je ne me sentais bien nulle part, ni dans la rue ni chez moi. Que me manque-t-il donc ? pensais-je ; pourquoi suis-je si mal à l'aise ? Et je m'étonnais de remarquer, pour la première fois, la laideur de mes murs enfumés et du plafond où Matrena cultivait des toiles d'araignées avec grand succès. J'examinais mon mobilier, meuble par meuble, me demandant devant chacun ; N'est-ce pas là qu'est le malheur ? (Car, en temps normal, il suffisait qu'une chaise fût placée autrement que la veille pour que je fusse hors de moi.) Puis je regardais par la fenêtre... Rien, nulle nouvelle cause d'ennui. J'imaginai d'appeler Matrena et de lui faire des reproches paternels au sujet de sa saleté en général et des toiles d'araignées en particulier ; mais elle me regarda avec stupéfaction et c'est tout ce que j'obtins d'elle ; elle sortit de la chambre sans me répondre un seul mot. Et les toiles d'araignées ne disparaîtront jamais.

C'est ce matin seulement que j'ai compris de quoi il s'agissait : hé ! hé ! mais... ils ont tous fichu le camp à la campagne !... (Passez-moi ce mot trivial ; je ne suis pas en train de faire du grand style.) Oui, tout Pétersbourg est à la campagne... Et aussitôt chaque gentleman honorable, je veux dire d'extérieur comme il faut, qui passait en fiacre, se transformait à mes yeux en un estimable père de famille qui, après ses occupations ordinaires, s'en allait légèrement dans sa maison familiale, à la campagne. Tous les passants, depuis trois jours, avaient changé d'allure et tout en eux disait clairement : Nous ne sommes ici qu'en passant, et dans deux heures nous serons partis.

S'il s'ouvrait dans ma rue une fenêtre où d'abord avaient tambouriné de petits doigts blancs comme du sucre, puis d'où sortait une jolie tête de jeune fille qui appelait le marchand de fleurs, il ne me semblait pas du tout que la jeune fille prétendît se faire, avec ces fleurs, un printemps intime dans son appartement étouffant de Saint-Pétersbourg ; cela signifiait au contraire : « Ces fleurs ! ah ! bientôt, j'irai les reporter dans les champs ! »

Plus encore, — car j'ai fait des progrès dans ma nouvelle découverte, — je sais déjà, rien qu'à l'aspect extérieur, discerner dans quelle villa telle personne demeure. Les habitants de Kamenni, des îles Aptekarsky ou de la route de Petergov, se distinguent par des manières recherchées, d'élégants costumes d'été et de jolies voitures. Les habitants de Pargolovo et au delà ont un caractère particulier de sagesse et de bonne tenue. Ceux des îles Krestovsky ont une imperturbable gaieté.

Rencontrais-je une procession de charretiers qui marchaient paresseusement, les guides dans leurs deux mains, auprès de leurs charrettes chargées de montagnes de meubles, tables, chaises, divans turcs et pas turcs, ustensiles de ménage, le tout terminé assez souvent par une cuisinière qui, assise au sommet du tas, couvait les biens de ses maîtres ; regardais-je glisser sur la Neva des bateaux eux aussi chargés de meubles, charrettes et bateaux se multipliaient à mes yeux ; il me semblait que toute la ville s'en allait, que tout déménageait par caravanes, que la ville allait être déserte. J'en étais attristé, offensé. Car moi, je ne pouvais aller à la campagne ! J'étais pourtant prêt à partir avec chaque charrette, avec chaque monsieur un peu cossu qui louait une voiture. Mais pas un, pas un seul ne m'invitait. On eût dit que tous m'oubliaient, comme si j'étais pour eux un étranger !

Je marchais beaucoup, longtemps, de sorte que je finissais par ne plus savoir où j'étais, quand j'aperçus les fortifications. Immédiatement je me sentis joyeux. Je m'engageai à travers les champs et les prairies ; je n'éprouvais aucune fatigue. Il me semblait même qu'un lourd fardeau tombait de mon âme. Tous les gens en carrosses me regardaient avec tant de sympathie qu'un peu plus ils m'auraient salué. Tous étaient contents, je ne sais pourquoi ; tous fumaient de beaux cigares. Moi j'étais heureux. Je me croyais tout à coup transporté en Italie, tant la nature m'étonnait, pauvre citadin à demi malade, à demi mort de l'atmosphère empoisonnée de la ville.

Il y a quelque chose d'ineffablement touchant dans notre campagne pétersbourgeoise, quand, au printemps, elle déploie soudain toute sa force, s'épanouit, se pare, s'enguirlande de fleurs. Elle me fait songer à ces jeunes filles languissantes, anémiées, qui n'excitent que la pitié, parfois l'indifférence, et brusquement, du jour au lendemain, deviennent inexprimablement merveilleuses de beauté : vous demeurez stupéfaits devant elles, vous demandant quelle puissance a mis ce feu inattendu dans ces yeux tristes et pensifs ; qui a coloré d'un sang rose ces joues pâles naguère ; qui a répandu cette passion sur ces traits qui n'avaient pas d'expression ; pourquoi s'élèvent et s'abaissent si profondément ces jeunes seins. Mon Dieu ! qui a pu donner à la pauvre fille cette force, cette soudaine plénitude de vie, cette beauté ? Qui a jeté cet éclair dans ce sourire ? Qui donc fait ainsi étinceler cette gaieté ? Vous regardez autour de vous, vous cherchez quelqu'un, vous devinez… Mais que les heures passent, et peut-être demain retrouverez-vous le regard triste et pensif d'autrefois, le même visage pâle, les mêmes allures timides, effacées : c'est le sceau du chagrin, du repentir, c'est aussi le regret de l'épanouissement éphémère… et vous déplorez que cette beauté se soit fanée si vite. Quoi ! vous n'avez pas même eu le temps de l'aimer !…

Je ne rentrai dans la ville qu'assez tard ; dix heures sonnaient. La route longeait le canal ; c'est un endroit désert à cette heure... Oui, je demeure dans la banlieue la plus reculée.

Je marchais en chantant. Quand je suis heureux je fredonne toujours. C'est, je crois, l'habitude des hommes qui, n'ayant ni amis ni camarades, ne savent avec qui partager un moment de joie.

Mais ce soir-là me réservait une aventure.

À l'écart, accoudée au parapet du canal, j'aperçus une femme. Elle semblait examiner attentivement l'eau trouble. Elle portait un charmant chapeau à fleurs jaunes et une coquette mantille noire.

« C'est une jeune fille et sûrement une brune, » pensai-je.

Elle semblait ne pas entendre mes pas, et ne bougea point quand je passai auprès d'elle en retenant ma respiration et le cœur battant très fort.

« C'est étrange, pensai-je ; elle doit être très préoccupée. »

Et tout à coup je m'arrêtai ; il me semblait avoir entendu des sanglots étouffés.

« Je ne me trompe pas ; elle pleure. »

Un instant de silence, puis encore un sanglot. Mon Dieu ! mon cœur se serra. Je suis d'ordinaire très timide avec les femmes, mais dans un pareil moment !... — Je retournai sur mes pas, je m'approchai d'elle, et j'aurais certainement prononcé le mot : « Madame, » si je ne m'étais rappelé à temps que ce mot est utilisé au moins dans mille circonstances analogues par tous nos romanciers mondains. Ce n'est que cela qui m'arrêta, et je cherchais un mot plus rare quand la jeune fille m'aperçut, se redressa et glissa vivement devant moi en longeant le canal. Je me mis aussitôt à la suivre. Mais elle s'en aperçut, quitta le quai, traversa la rue et prit le trottoir. Je n'osais traverser la rue à mon tour ; mon cœur sautait dans ma poitrine comme un oiseau en cage. Heureusement le hasard me vint en aide.

Sur le trottoir où marchait l'inconnue et tout près d'elle, surgit un monsieur en frac ; d'un âge « sérieux » ; on n'eût pu dire, par exemple, que sa démarche aussi fût sérieuse. Il se dandinait en rasant prudemment les murs. La jeune fille filait droit comme une flèche, d'un pas à la fois précipité et peureux, comme font toutes les jeunes filles qui veulent éviter qu'on leur offre de les accompagner ; et, certes, avec son allure mal assurée, le monsieur dont l'ombre se dandinait sur les murs n'eût pu la rejoindre s'il ne s'était brusquement mis à courir. Elle allait comme le vent ; mais son persécuteur gagnait du terrain ; il était déjà tout près d'elle ; elle jeta un cri, et… Je remerciai la destinée pour l'excellent bâton que je tenais dans ma main droite. En un instant je fus de l'autre côté, le monsieur prit en considération l'argument irréfutable que je lui proposai, se tut, recula et, seulement quand nous l'eûmes distancé, se mit à protester en termes assez énergiques ; mais ses paroles se perdirent dans l'air.

— Prenez mon bras, dis-je à l'inconnue.

Elle passa silencieusement sous mon bras sa main tremblante encore de frayeur. Oh ! le monsieur inattendu, comme je le bénissais !

Je jetai un rapide regard sur elle. Elle était brune comme je l'avais deviné, et fort jolie. Ses yeux étaient encore mouillés de larmes ; mais ses lèvres souriaient. Elle me regarda furtivement, rougit un peu et baissa les yeux.

— Vous voyez ! Pourquoi m'aviez-vous repoussé ? Si j'avais été là, rien ne serait arrivé...

— Mais je ne vous connaissais pas ; je croyais que vous aussi...

— Me connaissez-vous davantage, maintenant ?

— Un peu. Par exemple, vous tremblez ; pensez-vous que je ne sache pas pourquoi ?

— Oh ! vous avez deviné du premier coup ! m'écriai-je transporté de joie que la jeune fille fût si intelligente, car l'intelligence et la beauté vont très bien ensemble. — Oui, vous avez deviné à qui vous aviez affaire. C'est vrai, je suis timide avec les femmes. Je suis même plus ému maintenant que vous ne l'étiez, vous, quand ce monsieur vous a fait peur. C'est comme un rêve... Non, c'est plus qu'un rêve ; car jamais, même en rêve, il ne m'arrive de parler à une femme.

— Que dites-vous ? Vraiment ?

— Oui. Si mon bras tremble, c'est que jamais encore une aussi jolie petite main ne s'y est appuyée. Je n'ai pas du tout l'habitude des femmes... J'ai toujours vécu seul. Aussi je ne sais pas leur parler. Peut-être bien vous ai-je déjà dit quelque sottise ; parlez franchement, vous le pouvez, je ne suis pas susceptible…

— Vous n'avez pas dit de sottise, pas du tout, au contraire, et puisque vous voulez que je vous parle franchement, je vous dirai qu'une telle timidité plaît aux femmes, et si vous voulez tout savoir je vous dirai encore qu'elle me plaît particulièrement. Aussi je vous permets de m'accompagner jusqu'à ma porte.

— Mais, dis-je étouffant de joie, vous m'en direz tant que je cesserai d'être timide et alors, adieu tous mes avantages…

— Des avantages ! Quels avantages ? Pourquoi faire ? Voilà qui n'est pas bien.

— Pardon… Mais comment voulez-vous que je ne désire pas ?…

— Plaire, n'est-ce pas ?

— Eh bien ! oui. Oui, soyez bonne, au nom de Dieu ! Écoutez. J'ai vingt-six ans et personne encore ne m'a aimé. Comment donc pourrais-je parler adroitement et à propos ? Pourtant, il faut que je parle ; j'ai envie de tout vous dire, à vous… Mon cœur crie, je ne puis me taire… Mais le croiriez-vous… pas une seule femme, jamais, jamais… et pas un ami ! et tous les jours je rêve qu'enfin je vais rencontrer quelqu'un, je rêve, je rêve… et si vous saviez combien de fois j'ai été amoureux de cette façon !

— Mais comment ? de qui ?

— De personne, idéalement. Ce sont des figures de femmes aperçues en rêve. Mes rêves sont des romans entiers. Oh ! vous ne me connaissez pas... Il est vrai, — et il ne se pouvait autrement, — j'ai rencontré deux ou trois femmes, mais quelles femmes ! Ah ! l'éternel pot-au-feu !... Mais vous ririez si je vous racontais que j'ai plusieurs fois fait le rêve que je parlais, dans la rue, à une dame du plus grand monde. Oui, dans la rue, tout simplement : la dame était seule et moi je lui parlais respectueusement, timidement, passionnément. Je lui disais que je me perds dans la solitude, qu'il ne faut pas me renvoyer, que nulle femme ne m'aime, que c'est le devoir de la femme de ne pas repousser la prière d'un malheureux, que je lui demande tout au plus deux paroles de sœur, deux paroles compatissantes, qu'elle doit donc m'écouter, qu'elle peut rire de moi s'il lui plaît, mais qu'il faut qu'elle m'écoute, qu'il faut qu'elle me rende l'espérance que j'ai perdue... Deux paroles, seulement deux paroles, et puis ne la revoir plus jamais !... Mais vous riez... Du reste, ce que je dis est en effet très risible.

— Ne vous fâchez pas. Ce qui me fait rire, c'est que vous êtes votre propre ennemi. Si vous essayiez, vous réussiriez peut-être, même si la scène se passait dans la rue. Plus c'est simple, plus c'est sûr. Pas une femme de cœur, pourvu qu'elle ne fût ni sotte ni, en ce moment même, de mauvaise humeur, n'oserait vous refuser les deux paroles que vous implorez. Pourtant, qui sait ? Peut-être vous prendrait-on pour un fou. J'ai jugé d'après moi, — car moi, je sais bien comme vivent les gens sur la terre...

— Oh ! je vous remercie, m'écriai-je. Vous ne pouvez comprendre le bien que vous venez de me faire !

— Bon, bon... Mais, dites-moi, à quoi avez-vous vu que je suis une femme avec laquelle... eh bien, une femme digne... digne... d'attention et d'amitié ? En un mot pas... pot-au-feu, comme vous dites ? Pourquoi vous êtes-vous décidé à vous approcher de moi ?

— Pourquoi ? Mais... vous étiez seule ; ce monsieur trop entreprenant... il faisait nuit ; convenez que c'était le devoir...

— Mais non, auparavant déjà, là, de l'autre côté, vous vouliez m'aborder...

— Là, de l'autre côté ?... Mais vraiment, je ne sais comment vous répondre, je crains... Savez-vous ? Je me sentais aujourd'hui très heureux. La marche, les chansons que je me suis rappelées, la campagne... jamais je ne me suis senti si bien. Voyez... cela m'a semblé peut-être... pardonnez-moi si je vous le rappelle, j'ai cru vous avoir entendu pleurer, et moi... je n'ai pu supporter cela, mon cœur s'est serré. Oh ! mon Dieu ! étais-je coupable d'avoir pour vous une pitié fraternelle !... Pouvais-je vous offenser en m'approchant de vous malgré moi ?

— Taisez-vous... dit la jeune fille en baissant les yeux et en me serrant la main. J'ai eu tort de parler de cela, mais je suis contente de ne pas m'être trompée sur vous... Eh bien, me voici chez moi. Il faut traverser cette petite ruelle, et il n'y a plus que deux pas. Adieu. Merci.

— Alors, nous ne nous verrons plus jamais ; c'est fini ?

— Voyez-vous ! dit en riant la jeune fille, vous ne vouliez d'abord que deux mots, et maintenant… Du reste, nous nous reverrons peut-être…

— Je viendrai ici demain… Oh ! pardon, je suis déjà exigeant.

— Oui, vous n'avez pas de patience, vous ordonnez presque…

— Écoutez-moi, interrompis-je, je ne puis pas ne pas venir ici demain. Je suis un rêveur ; j'ai si peu de vie réelle, j'ai si peu de moments comme celui-ci, que je ne puis pas ne pas les revivre dans mes rêves. Je rêverai de vous toute la nuit, toute la semaine, toute l'année. Je viendrai ici demain, absolument, précisément ici, demain, à la même heure, et je serai heureux de m'y souvenir de la veille… Cette place m'est déjà chère. — J'ai deux ou trois endroits pareils dans Pétersbourg. Dans l'un d'eux, j'ai pleuré… d'un souvenir. Qui sait ? il y a dix minutes, vous aussi vous pleuriez peut-être pour quelque souvenir. Peut-être autrefois avez-vous été très heureuse ici ?

— Je viendrai peut-être aussi demain à dix heures ; je vois que je ne peux plus vous le défendre… Mais, il ne faut pas venir ici. Ne pensez pas que je vous fixe un rendez-vous ; je prévois seulement que j'aurai à venir ici pour mes affaires ; mais… eh bien, franchement, je ne serai pas fâchée que vous y veniez aussi. D'abord, je puis avoir encore des désagréments comme aujourd'hui ; mais laissons cela… En un mot, je voudrais tout simplement vous voir… pour vous dire deux mots. N'allez pas me juger mal pour cela. Ne pensez pas que je donne si facilement des rendez-vous ; je ne vous aurais pas dit cela si… ; mais que cela reste un secret, c'est la condition…

— Une convention, dites tout de suite que c'est une convention ! Je consens à tout, m'écriai-je transporté, à tout ; je réponds de moi ; je serai obéissant, respectueux… vous me connaissez.

— C'est précisément parce que je vous connais que je vous invite demain ; mais vous, prenez garde à cette autre condition, tout à fait capitale (je vais vous parler franchement) : ne devenez pas amoureux de moi ; cela ne se peut pas, je vous assure ; pour l'amitié je veux bien, voici ma main ; mais l'amour, non, je vous en prie.

— Je vous jure…

— Ne jurez pas ; vous êtes inflammable comme la poudre… Ne m'en veuillez pas pour vous avoir dit cela, si vous saviez… Moi non plus, je n'ai personne au monde à qui faire une confidence, demander un conseil ; vous, vous êtes une exception, je vous connais comme si nous étions des amis de vingt ans… N'est-ce pas que vous ne me trahirez pas ?

— Vous verrez ! Mais comment vivre encore tout ce grand jour ?

— Dormez bien, bonne nuit, et rappelez-vous que j'ai déjà confiance en vous. Dites, on n'a pas à rendre compte de tous ses sentiments, même d'une sympathie fraternelle ? C'est vous qui m'avez dit cela, et vous l'avez si bien dit que la pensée m'est venue aussitôt de me confier à vous et de vous dire…

— Quoi, mon Dieu ! dire quoi ?

— À demain ! Que cela reste un secret jusqu'à demain ! Ça vaudra mieux pour vous ! Ça ressemblera mieux à un roman ! — Peut-être vous dirai-je demain… tout, et peut-être ne vous dirai-je rien ! Je veux d'abord causer avec vous, vous mieux connaître.

— Moi, déclarai-je avec décision, je vous raconterai demain toute mon histoire ! Mais quoi donc ? Quelque chose de merveilleux se passe en moi. Où suis-je donc ? mon Dieu ! Eh bien, n'êtes-vous pas contente, maintenant, de ne pas vous être fâchée tout à l'heure, de ne pas m'avoir repoussé dès le premier mot ? En deux minutes, vous m'avez rendu heureux pour toute la vie, oui, heureux ! vous m'avez réconcilié avec moi-même ! vous avez peut-être éclairci tous mes doutes ! S'il me revient des instants semblables… Eh bien, je vous dirai demain tout, vous saurez tout, tout…

— Alors c'est vous qui commencerez ?

— Entendu.

— Au revoir !

— Au revoir !

Et nous nous séparâmes. J'errai toute la nuit, je ne pouvais me décider à rentrer…

« À demain ! »

# DEUXIÈME NUIT

— Eh bien, vous voyez que vous vivez encore ! dit-elle en riant et en me serrant les deux mains.

— Je suis ici depuis deux heures. Savez-vous ce que je suis devenu toute cette journée ?

— Oui, oui, je le sais… Mais savez-vous, vous, pourquoi je suis venue ? Ce n'est pas pour bavarder comme hier. Désormais il faut agir plus sagement ; j'ai beaucoup réfléchi à tout cela.

— En quoi donc plus sagement ? Je ferai ce que vous voudrez ; mais je vous jure que je n'ai jamais été si sage.

— C'est possible. Mais d'abord, je vous prie de ne pas me serrer si fort les mains ; ensuite… ensuite, j'ai beaucoup pensé à vous aujourd'hui.

— Et ?…

— Voici. J'ai décidé que je ne vous connais pas encore, que j'ai agi hier comme un enfant, et il va sans dire que j'ai fini par accuser mon bon cœur, que je me suis louée moi-même, comme il arrive toujours quand nous commençons à nous analyser ; de sorte que, pour réparer ma faute, je veux prendre sur vous les renseignements les plus minutieux. Mais comme je ne puis m'adresser à un autre que vous-même, eh bien, quel homme êtes-vous ? Racontez-moi votre histoire.

— Mon histoire ! m'écriai-je terrifié, je n'en ai pas.

— Mais vous me la promettiez hier. Et puis on a toujours une histoire. Vous avez vécu sans histoire ? Comment avez-vous fait ?

— Eh bien ! j'ai vécu sans histoire ! J'ai vécu pour moi-même, c'est-à-dire seul ; seul ! seul tout à fait. Comprenez-vous ce que signifie ce mot ?

— Comment, seul ! vous n'avez jamais vu personne ?

— Beaucoup de monde, — voilà : toujours seul.

— Alors vous ne parlez à personne.

— Rigoureusement à personne.

— Mais quel homme ! Expliquez-vous ! Attendez, je devine : vous avez probablement une babouschka, comme la mienne ; elle est aveugle, et jusqu'à ces derniers temps elle ne me laissait pas sortir. J'en désapprenais à parler. Il y a deux ans, j'étais en train de faire des étourderies, et alors elle épingla ma robe à la sienne, et vous voyez nos journées... Elle tricote des bas, quoique aveugle, et moi je lui fais la lecture à haute voix. Je suis restée près de deux ans épinglée comme ça.

— Ah ! mon Dieu ! quel malheur ! Mais non, je n'ai pas de babouschka.

— Et si vous n'en avez pas, pourquoi donc restez-vous chez vous ?

— Écoutez, voulez-vous savoir qui je suis ?

— Je vous le demande.

— Dans le véritable sens du mot ?

— Dans le plus véritable sens du mot.

— Eh bien, voilà : je suis un type.

— Un type ! quel type ? s'écria la jeune fille en se mettant à rire comme si elle n'en avait pas eu, depuis tout un an, l'occasion. Mais vous êtes très amusant ! Tenez, voici un banc ; asseyons-nous ; personne ne passe, personne ne nous entendra. Commencez votre histoire, car vous me trompiez, vous avez une histoire ! D'abord, qu'est-ce qu'un type ?

— Un type, c'est un homme ridicule ! répondis-je en commençant à rire, gagné par son rire d'enfant, c'est un caractère ! c'est un... Mais savez-vous ce que c'est qu'un rêveur ?

— Un rêveur ! Permettez, je suis moi-même un rêveur ! Que de choses il me passait par la tête pendant les longues journées près de ma babouschka ! Ils allaient loin, mes rêves ! Une fois j'ai rêvé que j'épousais un prince chinois ! C'est quelquefois bon de rêver.

— Magnifique ! Ah ! si vous êtes femme à épouser un prince chinois, vous me comprendrez très bien... Mais permettez, je ne sais pas encore comment vous vous appelez.

— Enfin ! vous y pensez donc ?

— Ah ! mon Dieu ! Cela ne m'est pas venu : je me sentais si bien...

— On m'appelle Nastenka.

— Et c'est tout ?

— C'est tout. N'est-ce pas assez pour vous ?

— Oh ! beaucoup ! beaucoup ! au contraire, beaucoup ! Nastenka !

— Alors ?...

— Alors, Nastenka, écoutez donc ma risible histoire.

Je m'assis près d'elle, je pris une pose grave et pédante et je commençai comme si je lisais dans un livre.

— Il y a, Nastenka, à Saint-Pétersbourg, — vous l'ignoriez peut-être, — des coins assez étranges. Le soleil qui brille partout ne les éclaire pas. Il y luit comme un autre soleil, fait exprès, très spécial. Là, ma chère Nastenka, on vit une autre vie que la vôtre, une vie qui ne ressemble pas du tout à celle qui bout autour de nous, une vie qu'on pourrait à peine concevoir dans quelque climat lointain, pas du tout la vie raisonnable de notre époque. Cette vie-là c'est la mienne, Nastenka ! une atmosphère de fantastique et d'idéal, et en même temps, hélas ! quelque chose de grossier et de prosaïque, quelque chose d'ordinaire jusqu'à la suprême trivialité.

— Fi ! mon Dieu ! Quelle préface ! que vais-je donc apprendre ?

— Vous apprendrez, Nastenka (il me semble que je ne me lasserai jamais de vous appeler Nastenka), vous apprendrez que dans ce coin vivent des hommes étranges : des rêveurs. Un rêveur n'est pas un homme, c'est un être neutre ; il vit dans une ombre perpétuelle comme s'il se cachait même du jour ; il s'incruste dans son trou comme un escargot, ou plutôt il ressemble davantage encore à la tortue. Qu'en pensez-vous ? Pourquoi aime-t-il tant ses quatre murs, qui, de toute rigueur, doivent être peints en vert, enfumés et tristes ? Pourquoi cet homme ridicule, si quelqu'un de ses rares amis vient le voir (et il finit par n'en plus avoir du tout), le reçoit-il avec tant d'embarras ? tant de jeux de physionomie ? comme s'il venait de faire un crime ? comme s'il fabriquait de la fausse monnaie ou des vers qu'il va envoyer à un journal avec une lettre anonyme attestant que le poète est mort et qu'un de ses amis considère comme un devoir sacré de publier ses œuvres ? Pourquoi, dites-le-moi, Nastenka ! les divers interlocuteurs qui se sont rassemblés chez notre rêveur ne parviennent-ils pas à engager la conversation ? Pourquoi ni rires ni plaisanteries ? Ailleurs pourtant et dans d'autres occasions, il ne dédaigne ni le rire, ni la plaisanterie, à propos du beau sexe, ou sur n'importe quel autre thème aussi gai. Pourquoi, enfin, l'ami, dès cette première visite, — d'ailleurs il n'y en aura pas deux, — cet ami, une connaissance récente, s'embarrasse-t-il, se guinde-t-il tant, après ses premières saillies (s'il en trouve), en regardant le visage défait du maître du logis, qui finit lui-même par perdre tout à fait la carte après des efforts énormes mais vains pour animer la conversation, montrer du savoir-vivre, parler du beau sexe aussi, et, par toutes ces concessions, plaire au pauvre garçon qui lui fait visite par erreur ? Pourquoi, enfin, le visiteur se lève-t-il tout à coup, se rappelant une affaire urgente, prend-il son chapeau après un salut désagréable, et retire-t-il avec tant de peine sa main de l'étreinte chaude du maître, qui tâche de lui témoigner par cette étreinte silencieuse un repentir inexplicable ? Pourquoi, une fois dehors, l'ami rit-il aux éclats et se jure-t-il de ne jamais remettre les pieds chez cet homme étrange, un bon garçon pourtant, mais dont il ne peut s'empêcher de comparer la physionomie à la mine de ce malheureux petit chat fripé, tourmenté par les enfants, qui tout à l'heure est venu se blottir sous la chaise, — c'était alors celle du visiteur, — et, dans l'ombre, avec ses deux petites pattes a longuement débarbouillé et lustré son petit museau, et, longtemps encore après, regardait avec ressentiment la nature et la vie…

— Voyons, interrompit Nastenka, qui écoutait très étonnée, les yeux grands ouverts. Je ne sais la raison de rien de tout cela, ni pourquoi vous me faites des questions si étranges, mais sûrement tout cela a dû vous arriver mot pour mot.

— Sans doute, répondis-je très sérieusement.

— Alors, continuez, car je veux connaître la fin...

— Vous voulez savoir, Nastenka, ce qu'est devenu notre petit chat sous sa chaise ou plutôt ce que je suis devenu, puisque je suis le médiocre héros de ces aventures ; vous voulez savoir pourquoi ma journée tout entière fut troublée par cette visite inattendue d'un ami, pourquoi j'étais si agité quand la porte de ma chambre s'ouvrit, pourquoi je reçus si mal le visiteur, pourquoi je restai écrasé sous le poids de ma propre inhospitalité ?

— Mais oui, oui, répondit Nastenka, c'est ce que je veux savoir. Écoutez, vous racontez très bien ; mais ne pourriez-vous pas raconter moins bien ? On dirait que vous lisez dans un livre.

— Non, répondis-je d'une voix sévère et imposante ; ma chère Nastenka, je sais que je conte très bien, mais excusez-moi, je ne puis conter autrement. Je ressemble, ma chère Nastenka, à cet esprit du czar Salomon, qui avait passé mille ans dans une outre scellée de sept sceaux. À présent, ma chère Nastenka, depuis que nous nous sommes rencontrés de nouveau après une si longue séparation (car je vous connais depuis longtemps Nastenka, il y a longtemps que je cherchais quelqu'un, précisément vous, et notre rencontre était fatale), des milliers de soupapes se sont ouvertes dans ma tête, et il faut que je m'épanche par un torrent de mots, car autrement, j'étoufferais ; je vous demande donc de ne plus m'interrompre, Nastenka ; écoutez avec soumission et obéissance, ou bien je me tais.

— Na ! na na ! Jamais ! Parlez, je ne souffle plus mot.

— Je continue. Il y a, mon amie Nastenka, une heure dans la journée que j'aime beaucoup. C'est cette heure où toutes les affaires finissent, alors que tout le monde se hâte de rentrer pour dîner, se reposer, et, tout en marchant, cherche quelque réjouissance pour passer la soirée, la nuit ou tout le temps de loisir qui lui reste. À cette heure-là, mon héros — car permettez-moi encore, Nastenka, de conter cela à la troisième personne ; il est si pénible pour le conteur de parler en son propre nom, — à cette heure-là, donc, notre héros, qui n'est pas un oisif, est en route comme tout le monde. Mais une étrange sensation de plaisir agite son visage pâle et fatigué. Il observe avec intérêt l'aurore du soir qui s'éteint lentement sur le ciel frais de Pétersbourg. Quand je dis « observe », je mens ; il n'observe pas, il regarde vaguement comme un homme las ou qui s'occupe en lui-même de choses plus intéressantes. De sorte que c'est par moments seulement, et presque sans le vouloir, qu'il a le temps d'observer aussi autour de lui. Il est content, car il en a fini jusqu'au lendemain avec les affaires ennuyeuses, content comme un écolier libéré de l'école et qui court à ses jeux préférés et à ses espiègleries. Regardez-le, Nastenka, vous ne serez pas longue à voir que la joie a déjà heureusement agi sur ses nerfs sensibles et son imagination maladivement excitée. Il réfléchit. Vous pensez peut-être qu'il songe à son dîner, ou bien à la soirée de la veille ? Que regarde-t-il ainsi ? N'est-ce pas ce monsieur qui vient de saluer si « artistiquement » cette dame quand elle a passé auprès de lui dans cette belle voiture attelée de si beaux chevaux ? Non, Nastenka, ce ne sont pas ces riens qui l'occupent. C'est un homme, à présent, riche de vie intérieure. Il est riche, vous dis-je, et les rayons d'adieu du soleil couchant n'ont pas brillé en vain pour lui. Ils ont provoqué dans son cœur tout un essaim de sensations. Maintenant il examine tous les détails de la route ; maintenant la « déesse de la Fantaisie » (avez-vous lu Joukovsky, ma chère Nastenka ?) a déjà tissé de ses mains merveilleuses sa toile dorée et commence à enchevêtrer les arabesques d'une vie fantasque et imaginaire. Elle a transporté notre héros dans le septième ciel, « le ciel de cristal », bien loin de cet excellent trottoir de granit qu'il foule ce soir en rentrant chez lui. Essayez de l'arrêter, demandez-lui brusquement où il est, par quelles rues il a passé : il ne se souvient de rien, ni où il est allé, ni où il est, et en rougissant de dépit il vous fera quelque mensonge pour sauver les apparences. C'est pourquoi il a eu un si vif tressaillement et a failli s'écrier de frayeur quand une honorable vieille femme l'a arrêté au milieu du trottoir en lui demandant sa route. Le visage assombri, il continue sa marche, remarquant à peine que plus d'un passant sourit en le regardant et se retourne pour le voir, et que les petites filles, après s'être éloignées de lui avec terreur, reviennent sur leurs pas pour examiner son sourire absorbé et ses gestes. Mais toujours la même fantaisie emporte dans son vol et la vieille femme, et les passants curieux, et les petites filles moqueuses ; elle enlace gaiement le tout dans son canevas comme les mouches dans une toile, et l'homme étrange rentre dans son terrier sans s'en apercevoir, dîne sans s'en apercevoir et ne revient à lui que quand Matrena, sa bonne, dessert la table et apporte la pipe. L'heure se fait sombre, il se sent vide et triste ; tout son royaume de rêves s'écroule sans bruit, sans laisser de traces... comme un royaume de rêves ; mais une sensation obscure se lève déjà en son être, une sensation inconnue, un désir nouveau, et voilà que s'assemble autour de lui tout un essaim de nouveaux fantômes. Et lui-même s'anime, voilà qu'il bout comme l'eau dans la cafetière de la vieille Matrena. Il prend un livre, sans but, l'ouvre au hasard et le laisse tomber à la troisième page. Son imagination est surexcitée, un nouvel idéal de bonheur lui apparaît ; en d'autres termes, il a pris une nouvelle potion de ce poison raffiné qui recèle la cruelle ivresse de l'espérance.

Qu'importe la vie réelle où tout est froid, morne !... Pauvres gens, pense le rêveur, que les gens réels ! — Ne vous étonnez pas qu'il ait cette pensée. Oh ! si vous pouviez voir les spectres magiques qui l'entourent, toutes les merveilleuses couleurs du tableau où se fige sa vie ! et quelles aventures ! Quelle suite indéfinie de rêveries ! Mais à quoi rêve-t-il ? Mais... à tout ! Au rôle du poète d'abord méconnu et ensuite couvert de lauriers, à sa prédilection pour Hoffmann, à la Saint-Barthélemy, aux actions héroïques de Ivan Vassiliévitch quand il prit Kazan, à Jean Huss comparaissant devant le conclave des prélats, à l'évocation des morts dans Robert le Diable (vous vous rappelez cette musique qui sent le cimetière), à Mina et Brinda, au passage de la Bérésina, à la lecture d'un poème chez la comtesse W. D..., à Danton, à Cléopâtre et ses amants, à la petite maison dans la Colomna, à une chère petite âme qui pourrait être auprès de lui, dans ce petit réduit, durant toute la longue soirée d'hiver et qui l'écouterait, attentive et douce comme vous êtes, Nastenka... Non, Nastenka, qu'importe à ce voluptueux paresseux cette vie réelle, cette pitoyable pauvre vie dont il donnerait tous les jours pour une de ces heures fantastiques ? Il a aussi de mauvaises heures ; mais, en attendant qu'elles reviennent (car l'heure qui sonne est douce), il ne désire rien, il est au-dessus de tout désir, il peut tout, il est souverain, il est le propre créateur de sa vie, et la recrée à chaque instant par sa propre volonté. Ça s'organise si facilement, un monde fantastique ! Et qui sait si ce n'est qu'un mirage ? C'est peut-être des deux mondes le plus réel. Pourquoi donc, dites-moi, Nastenka, pourquoi donc, en ce moment, les larmes jaillissent-elles des yeux de cet homme, que nulle tristesse actuelle n'accable ? Pourquoi des nuits entières passent-elles comme des heures ? Et quand le rayon rose de l'aurore éclabousse les fenêtres, notre rêveur fatigué se lève de la chaise où le tour du cadran l'a vu assis et se jette sur son lit. Ce serait à croire, Nastenka, qu'il est amoureux ! Regardez-le seulement, et vous vous en convaincrez. Voyons, est-il possible de croire qu'il n'ait jamais connu l'être qu'il étreignait dans les transports de son rêve ? Quoi ! rêvait-il donc la passion ? Se pourrait-il qu'ils n'eussent pas marché les mains unies dans la vie, bien des années, mêlant leurs âmes ? Ne s'est-elle pas, à l'heure tardive de la séparation, penchée en pleurant sur sa poitrine sans écouter l'orage qui pleurait dehors, toute à l'orage intérieur de leur amour brisé ? Était-ce donc, tout cela ! n'était-ce donc qu'un rêve : ce jardin triste, abandonné, sauvage, les sentiers couverts de mousse où ils se sont promenés si souvent ensemble « si longtemps et si tendrement » ? Et cette maison étrange de ses aïeux où elle vécut si longtemps seule et triste, avec un vieux mari morose, un vieux mari galeux dont ils avaient peur, eux, les enfants amoureux ! Comme elle souffrait et comme (cela va sans dire, Nastenka !) on était méchant pour eux ! O Dieu ! ne l'a-t-il pas revue, plus tard, sous un ciel étranger, tropical, dans une ville éternellement merveilleuse, aux mille clartés d'un bal, au fracas de la musique, dans un palasso (je vous jure, Nastenka, dans un palasso), à un balcon festonné de myrtes et de roses, où, en le reconnaissant, elle se démasqua vite et lui souffla à l'oreille : « Je suis libre ! » et se jeta dans ses bras en s'écriant de transport, dans l'oubli de tout, et la maison morne, et le vieillard morose, et la maison triste du pays lointain, et le banc sur lequel, après les derniers baisers passionnés de la séparation, elle tomba pâmée, roidie par le désespoir ?... Oh !

convenez, Nastenka, qu'on peut se troubler, rougir comme un écolier surpris dans le jardin où il dérobait les pommes du voisin, si après tant d'événements tragiques qui vous laissent palpitant d'émotion, un ami inattendu, gai et bavard, ouvre tout à coup votre porte et vous crie, comme si rien n'était arrivé : « Mon cher, je reviens de Pavlovsk ! » Dieu de Dieu ! le vieux comte vient de mourir, un bonheur infini va commencer pour les deux amants, et voilà quelqu'un qui revient de Pavlovsk !...

Je me tus très pathétiquement. Je me rappelle que je fis un grand effort pour éclater de rire. Je sentais en moi des idées diaboliques remuer ; ma gorge se serrait, mon menton tremblait, mes yeux étaient humides... Je m'attendais à voir Nastenka rire la première de son gai et irrésistible rire d'enfant, et je me repentais déjà d'être allé si loin, d'avoir raconté ce que je tenais depuis si longtemps caché dans mon cœur. Et c'est pourquoi je voulais avoir ri avant elle ; mais, à mon grand étonnement, elle resta silencieuse, me serrant légèrement les mains, et me demanda avec un accent timide :

— Avez-vous vraiment toujours vécu ainsi ?

— Toujours, Nastenka, toujours, et je crois que je finirai ainsi.

— Non, cela ne se peut, dit-elle avec émotion, cela ne se peut ! Est-ce que je pourrais, moi, passer toute ma vie avec ma babouschka ? Ce n'est pas bien du tout de vivre ainsi.

— Je le sais, Nastenka, je le sais. Et je le sais plus que jamais depuis que je suis auprès de vous ; car c'est Dieu lui-même qui vous a envoyée, cher ange, pour me le dire et me le prouver. Maintenant, quand je suis auprès de vous, quand je vous parle, l'avenir me semble impossible, l'avenir, la solitude, l'absence, le vide. Et que vais-je rêver maintenant que je suis heureux auprès de vous, en réalité ? Soyez bénie, vous qui ne m'avez pas repoussé, vous à qui je devrai toute une soirée de bonheur.

— Oh ! non, non ! s'écria Nastenka. Cela ne se peut pas ! ne nous séparons pas ainsi ! Qu'est-ce que c'est que deux soirées ?

Des larmes brillaient dans ses yeux.

— Ô Nastenka, Nastenka ! savez-vous pour combien de temps vous m'avez donné de la joie ? Savez-vous que j'ai déjà meilleure opinion de moi-même ? Je me repens un peu moins d'avoir fait de ma vie un crime et un péché. Car c'est un crime et un péché qu'une telle vie. Et ne croyez pas que j'aie rien exagéré. Pardieu ! non, je n'ai rien exagéré. Par moments, un tel chagrin m'envahit... Il me semble que je ne suis plus capable de vivre ma vie, et je me maudis moi-même. Après mes nuits fantastiques, j'ai de terribles moments de lucidité. Et autour de moi la vie tourbillonne pourtant ! la vie des hommes, celle qui n'est pas faite sur commande... Et pourtant, encore, leur vie s'évanouira comme mon rêve. Dans un peu de temps, ils ne seront pas plus réels que mes fantômes. Oui, mais ils sont une succession de fantômes, leur vie se renouvelle ; aucun homme ne ressemble à un autre, tandis que ma rêverie épouvantée, mes fantômes enchaînés par l'ombre sont triviaux, uniformes ; ils naissent du premier nuage qui obscurcit le soleil ; ce sont de tristes apparitions, des fantaisies de tristesse. Et elle se fatigue de cette perpétuelle tension, elle s'épuise, l'inépuisable imagination. Les idéals se succèdent, on les dépasse, ils tombent en ruines, et puisqu'il n'y a pas d'autre vie, c'est sur ces ruines encore qu'il faut fonder un idéal dernier. Et cependant l'âme demande toujours un idéal et c'est en vain que le rêveur fouille dans la cendre de ses vieux rêves, y cherchant quelque étincelle d'où faire jaillir la flamme qui réchauffera son cœur glacé et lui rendra ses anciennes affections, ses belles erreurs, tout ce qui le faisait vivre. Croirez-vous que je fête l'anniversaire d'événements qui ne sont pas arrivés, mais qui m'eussent été chers ?... Vous savez ? des imaginations de balcon... Et fêter ces anniversaires parce que ces stupides rêves ne sont plus, parce que je ne sais plus rêver, vous comprenez, ma chère ; que c'est un commencement d'enterrement. Croirez-vous que je parviens à me rappeler la couleur des lieux où j'ai eu la pensée qu'il pourrait m'arriver un bonheur ? Et je les revisite, ces lieux, je m'y arrête, j'y oublie le présent, je le réconcilie avec le passé irréparable et j'erre comme une ombre, sans désir, sans but. Quels souvenirs ! Je me rappelle par exemple qu'ici, il y a juste un an, à cette même heure, sur ce même trottoir j'errais isolé, triste comme aujourd'hui. Mais alors je ne me demandais pas encore : Où sont les rêves ? Et voici que je hoche la tête et je me dis : Comme les années passent vite ! Qu'en as-tu fait ? As-tu vécu ? Regarde comme tout est devenu froid ! Les années passeront, toujours davantage ta solitude t'accablera et viendra la vieillesse accroupie sur son manche à balai ; ton monde fantastique pâlira... Novembre... Décembre... Plus de feuilles à tes arbres... Ô Nastenka, ce sera triste de vieillir sans avoir vécu : n'avoir pas même de regrets ! Car je n'ai rien à perdre ; toute ma vie n'est qu'un zéro rond, un rêve...

— Ne me faites donc pas pleurer ! dit Nastenka en essuyant ses yeux. C'est fini maintenant ? Écoutez, je suis une jeune fille simple, très peu savante, quoique ma babouschka m'ait donné des maîtres ; pourtant, je vous assure que je vous comprends. Dites-vous que je serai toujours auprès de vous. J'ai eu, non pas tout à fait la même chose, mais des chagrins presque semblables aux vôtres quand ma babouschka m'a épinglée à sa robe. Certes je ne pourrais compter aussi bien que vous. Je n'ai pas assez étudié, ajoute-t-elle (évidemment mon discours pathétique, mon grand style lui avait inspiré du respect), mais je suis très contente que vous vous soyez confié à moi ; je vous connais maintenant, et moi, vous allez aussi me connaître ; moi aussi je vais tout vous dire : vous êtes un homme très intelligent, vous me donnerez un conseil.

— Ah ! Nastenka ! répondis-je, je ne suis pas bon conseiller ; mais il me semble que nous pourrions l'un à l'autre nous donner des conseils infiniment spirituels. Allons ! quels conseils voulez-vous ? Me voilà gai, heureux, et je n'aurai pas besoin d'emprunter mes paroles.

— Je m'en doute, dit Nastenka en riant : mais il ne me faut pas un conseil seulement spirituel ; il me le faut aussi cordial, comme d'un ami de cent ans.

— C'est entendu, Nastenka ! m'écriai-je tout transporté. Parole, je vous aimerais depuis mille ans que je ne vous aimerais pas davantage !

— Votre main ? dit Nastenka.

— La vôtre !

# HISTOIRE DE NASTENKA

— La moitié de l'histoire, vous la connaissez déjà : vous savez que j'ai une babouschka.

— Si l'autre moitié est aussi longue...

— Taisez-vous et écoutez. Une condition : ne pas m'interrompre, ou bien je me tromperais ; il faut vous taire toujours. J'ai donc une vieille babouschka. Je suis tombée chez elle toute petite fille, car ma mère et mon père sont morts jeunes. Ma babouschka a été jeune (il y a longtemps !). Elle m'a fait apprendre le français et un tas de choses. À quinze ans — j'en ai dix-sept — j'avais fini mes études : je ne vous dirai pas ce que j'ai fait. Oh ! rien de grave. Mais ma babouschka, comme je vous l'ai dit, m'épingla à sa robe et me prévint que nous passerions ainsi toute notre vie. Il m'était impossible de m'en aller ; il fallait toujours étudier auprès de la babouschka. Une fois j'ai rusé, j'ai persuadé Fekla, notre bonne, de se mettre à ma place. Pendant ce temps la babouschka s'endormit dans son fauteuil et moi je m'en allai, pas loin, chez une amie. Cela finit mal. La babouschka s'éveilla pendant mon absence et me demanda quelque chose : or, Fekla est sourde : elle eut peur, se décrocha et s'enfuit...

Ici Nastenka s'interrompit pour rire. Je riais aussi, mais elle s'en fâcha.

— Il ne faut pas rire de ma babouschka ! je l'aime tout de même, savez-vous ? Ah ! comme je fus corrigée. On me remit aussitôt à ma place, et depuis je n'osai plus m'échapper, jusqu'au jour où… J'oubliais de vous dire que ma babouschka a une maison : toute petite, seulement trois fenêtres ; une maison en bois aussi vieille que ma babouschka. Au second, il y a un pavillon que nous n'occupons pas. Un beau jour, nous prîmes un nouveau locataire.

— Par conséquent il y avait aussi un ancien locataire ? remarquai-je en passant.

— Mais bien sûr, il y en avait un, et qui savait se taire mieux que vous. Il est vrai qu'il ne pouvait remuer la langue. Un petit vieillard, sec, muet, aveugle, boiteux, de sorte qu'enfin il lui était impossible de vivre davantage. Et voilà, il était mort. Et alors nous avons eu besoin d'un nouveau locataire, car sans locataire nous ne pouvons vivre. Le loyer constitue, avec la pension de la babouschka, tous nos revenus. Comme un fait exprès, le nouveau locataire était un jeune homme, un étranger, un voyageur. Il ne marchanda pas, la babouschka le laissa emménager sans le questionner ; mais après elle me demanda :

— Nastenka, notre locataire est-il jeune ou vieux ?

— Comme ça, babouschka (je ne voulais pas mentir), pas tout à fait jeune, mais pas un vieillard.

— Et d'un agréable extérieur ?

— Oui, babouschka, d'un assez agréable extérieur.

— Quel malheur !... Je t'en prie, ma petite fille, et pour cause... ne va pas trop le regarder ! Dans quel siècle vivons-nous ! Voyez donc, hein ! ce petit locataire « d'un assez agréable extérieur » ! Mon Dieu ! ce n'était pas ainsi de mon temps...

La babouschka parlait toujours de son temps : le soleil était plus chaud de son temps ; tout était meilleur de son temps.

Et je me mets à penser en moi-même : Pourquoi donc la babouschka me demande-t-elle si le locataire est beau et jeune ? Et puis je me mis à compter les mailles du bas que je tricotais.

Voilà qu'un matin, le locataire entre chez nous et demande qu'on mette un nouveau papier dans sa chambre. Un mot en amène un autre, la babouschka est bavarde, elle finit par me dire :

— Nastenka, va chercher dans ma chambre des stcheti[2].

Je me levai aussitôt tout en rougissant, sans savoir pourquoi. Mais j'oubliai que j'étais épinglée et, au lieu de retirer doucement l'épingle pour que le locataire ne s'en aperçût pas, je tirai avec tant de force que le fauteuil de la babouschka se mit en route. Je devins, de rouge, cramoisie et m'arrêtai, clouée en place, et me mis tout à coup à pleurer.

---

[2] Système de boules enfilées à des tringles de fer pour compter.

J'étais si désolée qu'en ce moment j'aurais volontiers renoncé au monde. La babouschka me cria :

— Et bien ! qu'attends-tu ? Va donc !

Mais je me mis à pleurer de plus belle.

Le locataire, comprenant que sa présence redoublait ma confusion, salua et sortit.

À partir de ce jour, dès que j'entendais du bruit dans le vestibule j'étais plus morte que vive.

— C'est le locataire qui vient ! pensais-je. Et tout doucement, par précaution, je retirais l'épingle. Mais ce n'était jamais lui. Il ne venait plus. Quinze jours se passèrent. Le locataire nous fit dire un jour par Fekla qu'il avait beaucoup de livres français, tous de bons livres, et qu'il plairait peut-être à la babouschka que je les lui lusse pour la désennuyer. La babouschka consentit avec reconnaissance.

— C'est parce que ce sont de bons livres, car s'ils n'étaient pas bons, je ne te permettrais pas de les lire, Nastenka ; ils t'apprendraient de mauvaises choses.

— Et que m'apprendraient-ils, babouschka ?

— Ah ! Nastenka, ils t'apprendraient comment les jeunes gens séduisent les jeunes filles. Comment, sous prétexte de les épouser, ils les emmènent de la maison paternelle et les abandonnent ensuite. J'ai lu beaucoup de ces livres. Ils sont si bien écrits qu'ils vous tiennent sans dormir toute la nuit… Quels livres a-t-il envoyés ?

— Des romans de Walter Scott.

— Ah ! n'y a-t-il pas ici quelque tour ? N'y a-t-il pas quelque billet d'amour glissé entre les pages ?

— Non, dis-je, babouschka, il n'y a pas de lettre !

— Mais regarde bien dans la reliure ! c'est souvent leur cachette, à ces brigands.

— Non, babouschka, dans la reliure non plus !

— Bien alors !

Et nous nous mîmes à lire Walter Scott. En un mois nous en lûmes près de la moitié. Notre locataire nous envoya ensuite Pouschkine. Et je pris un goût extrême à la lecture. Et je ne rêvai plus d'épouser un prince chinois.

Les choses en étaient là quand un jour il m'arriva de rencontrer notre locataire dans l'escalier. Il s'arrêta. Je rougis. Il rougit aussi, puis sourit, me salua, demanda des nouvelles de la babouschka et si j'avais lu ses livres.

— Oui ! tous !

— Et lequel vous a plu davantage ?

— Ivanhoé ! répondis-je.

Pour cette fois la conversation en resta là. Huit jours après je le rencontrai de nouveau dans l'escalier.

— Bonjour, dit-il.

— Bonjour.

— Ne vous ennuyez-vous pas toute la journée, seule avec la babouschka ?

Je ne sais pourquoi je rougis. Je me sentais honteuse et humiliée. Il me déplaisait qu'un étranger me fît cette question. Je voulus m'en aller sans répondre ; je n'en eus pas la force.

— Vous êtes une charmante jeune fille, me dit-il. Pardonnez-moi ce que je vous ai dit. C'est que je vous souhaite une compagnie plus gaie que celle de la babouschka ; n'avez-vous aucune amie à qui vous puissiez faire des visites.

— Aucune ?

— Voulez-vous venir avec moi au théâtre.

— Au théâtre ! Et la babouschka ?

— Qu'elle n'en sache rien !

— Non ! dis-je. Je ne veux pas tromper la babouschka. Adieu.

— Eh bien, adieu.

Et il n'ajouta plus rien.

Après le dîner il vint chez nous, s'assit, demanda à la babouschka si elle avait des connaissances, lui parla longuement.

— Ah ! dit-il tout à coup, j'ai aujourd'hui une loge pour l'Opéra. On donne le Barbier.

— Le Barbier de Séville ? s'écria la babouschka. Mais est-ce le même Barbier que de mon temps ?

— Oui, dit-il, le même ! Et il me regarda.

J'avais tout compris, mon cœur tressaillait d'attente.

— Mais comment donc ? mais moi-même dans mon temps j'ai joué Rosine sur un théâtre d'amateurs.

— Eh bien ! voulez-vous y aller aujourd'hui ? Il serait dommage de perdre ce billet.

— Eh bien, oui ! pourquoi pas ? Nastenka n'est pas encore allée au théâtre !

Mon Dieu quelle joie ! Nous nous apprêtâmes et partîmes aussitôt. La babouschka disait qu'elle ne verrait pas la pièce mais qu'elle entendrait la musique. Et puis, c'est une bonne vieille. Elle voulait surtout m'amuser, car toute seule, elle n'y serait pas allée. Quelle impression j'eus du Barbier, je ne vous la dirai pas. Toute la soirée, le locataire me regarda si gracieusement, me parla si bien, que je compris aussitôt qu'il avait voulu m'éprouver le matin en m'offrant d'aller seule avec lui. Ah ! que j'étais heureuse ! Je me sentais orgueilleuse, j'avais la fièvre, et toute la nuit je rêvai du Barbier.

Je pensais qu'après cela il viendrait chez nous de plus en plus souvent, mais pas du tout ; il cessa presque tout à fait ; une fois seulement par mois, il venait nous inviter à l'accompagner au théâtre. Nous y allâmes encore deux fois, mais je n'étais pas contente. Je voyais pourtant qu'il me plaignait d'être prisonnière chez ma babouschka. Je ne pouvais me tenir tranquille, ni lire, ni travailler. Parfois je faisais des méchancetés à ma babouschka, et d'autre fois je pleurais sans motif, je maigrissais, je faillis tomber malade. La saison de l'Opéra passa et notre locataire ne vint plus du tout, et quand nous nous rencontrions dans l'escalier il saluait toujours silencieusement, sérieusement, comme s'il ne voulait même pas parler, et il était déjà descendu sur le perron que j'étais encore à la moitié de l'escalier, tout mon sang au visage.

Que faire ? Je réfléchissais, oh ! je réfléchissais et je me désolais, puis enfin je me décidai ; il devait partir le lendemain et voici ce que je fis, le soir, quand ma babouschka fut couchée ; je fis un petit paquet de tous mes habits et, le prenant à la main, je montai, plus morte que vive, au pavillon, chez notre locataire. Je pense que je mis toute une heure à monter. Il m'ouvrit la porte et poussa un cri en m'apercevant, me prenant peut-être pour un fantôme, puis il se précipita pour me donner de l'eau, car je me tenais à peine debout.

J'avais mal à la tête et je perdais la vue nette des choses ; en revenant à moi, je posai mon petit paquet sur le lit, je m'assis auprès, cachai mon visage dans mes mains et me mis à pleurer comme trois fontaines ; il semblait avoir tout compris et me regardait si tristement que mon cœur se déchirait.

— Écoutez, commença-t-il, Nastenka, je ne puis rien ! je suis un homme pauvre : pour le moment je n'ai rien, pas même une petite place ; comment vivrions-nous si je vous épousais ?

Nous parlâmes longuement ; enfin je me sentis hors de moi ; je lui dis que je ne pouvais plus vivre chez la babouschka, que je m'enfuirais, que je ne voulais plus être épinglée et que je le suivrais, qu'il le voulût ou non, que j'irais avec lui à Moscou, que je ne pouvais vivre sans lui.

La honte, l'amour, l'orgueil, tout parlait en même temps en moi. Je tombai presque évanouie sur le lit ; je craignais tant un refus ! Après un silence, il se leva, vint à moi et prit ma main.

— Ma chère Nastenka… il avait des larmes dans la voix, je vous jure que si jamais je puis me marier, je ne demanderai pas de bonheur à une autre que vous. Je pars pour Moscou et j'y resterai un an ; j'espère y arranger mes affaires. Quand je reviendrai, si vous m'aimez toujours, nous serons heureux. Maintenant c'est impossible, je ne puis m'engager, je n'en ai pas le droit ; mais si, même après plus d'un an, vous me préférez à tout autre, je vous épouserai. D'ailleurs je ne veux pas vous enchaîner par une promesse ; acceptez la mienne et ne m'en faites pas.

Voilà, et le lendemain il partit ; nous décidâmes ensemble de ne pas faire de confidences à la babouschka ; il le voulut ainsi… Mon histoire est presque finie. Un an s'est passé depuis son départ. Il est arrivé, il est ici depuis trois jours, et… et…

— Et quoi ? m'écriai-je, impatient de savoir la fin.

Elle fit effort pour me répondre et parvint à murmurer :

— Rien, pas vu.

Elle baissa la tête et, soudain, se couvrit les yeux de ses mains et éclata en sanglots si douloureux que mon cœur se serra. Je ne m'attendais pas du tout à une telle fin.

— Nastenka ! commençai-je d'une voix timide, ne pleurez pas, que savez-vous ? Peut-être il n'est pas venu.

— Il est ici, il est ici ! interrompit Nastenka. La veille de son départ nous sortîmes ensemble de chez lui et nous fîmes quelques pas sur ce quai. Il était dix heures, nous finîmes par nous asseoir sur ce banc, je ne pleurais plus, il m'était doux de l'entendre ; il me dit qu'aussitôt revenu il irait me demander à la babouschka, et il est revenu, et il ne m'a pas demandée.

Elle pleurait de plus belle.

— Dieu ! mais comment vous consoler ? m'écriai-je en me levant du banc. Ne pourriez-vous pas aller le voir ?

— Est-ce que cela se peut ? dit-elle en relevant la tête.

— Je ne sais pas trop… non… mais écrivez-lui.

— Non, c'est impossible, cela ne se peut pas non plus ! répondit-elle avec décision, mais en baissant la tête, sans me regarder.

— Et pourquoi cela ne se pourrait-il pas ? repris-je, tout à mon idée fixe. Mais savez-vous, Nastenka, qu'il y a lettre et lettre ? Ah ! que ce serait bien, Nastenka, d'avoir confiance en moi ! Craignez-vous que je vous donne un mauvais conseil ? Tout s'arrangera facilement ; c'est vous qui avez fait les premiers pas ; pourquoi donc maintenant ?…

— Non, non, j'aurais l'air de le poursuivre…

— Ah ! ma bonne petite Nastenka ! interrompis-je sans cacher un sourire. Mais non ! mais non ! Vous avez des droits puisqu'il vous a fait une promesse. Assurément, d'ailleurs, c'est un homme très délicat ; il a bien agi, continuai-je de plus en plus enthousiasmé par mes propres arguments, il s'est lié par une promesse, il a dit qu'il n'épouserait que vous, et, au contraire, il vous a laissé la liberté de le refuser tout de suite si vous voulez. Dans ces conditions, vous pouvez bien faire les premiers pas, vous devriez même les faire si vous vouliez lui rendre sa parole.

— Écoutez ! comment écririez-vous ?

— Quoi ?

— Mais cette lettre.

— Je l'écrirais ainsi : « Monsieur… »

— C'est absolument nécessaire ce « monsieur » ?

— Absolument. Pourtant, je pense…

— Eh bien ! après ?

— « Monsieur, pardonnez-moi si… » Pourtant non ! il ne faut aucune excuse ! Le fait par lui-même excuse tout. Mettez tout simplement : « Je vous écris. Pardonnez-moi mon impatience, mais pendant toute une année j'ai été heureuse en espérance. Ai-je tort de ne pouvoir supporter à présent même un jour de doute ? Peut-être vos intentions sont-elles changées. Dans ce cas je ne récriminerais point, je ne vous accuse pas, je ne suis pas la maîtresse de votre cœur, vous êtes un homme noble, ne riez pas de moi, ne vous fâchez pas. Rappelez-vous que c'est une pauvre jeune fille qui vous écrit sans personne pour la guider, et pardonnez-lui que le doute se soit glissé en elle. Vous êtes certes incapable d'offenser celle qui vous a aimé et qui vous aime... »

— Oui, oui, c'est bien cela ! c'est bien ce que je pensais écrire ! s'écria Nastenka. La joie brillait dans ses yeux. Oh ! vous avez résolu tous mes doutes. C'est Dieu lui-même qui vous envoie. Merci, merci !

— Merci de quoi ? de ce que Dieu m'a envoyé !

— Oui, même de cela.

— Ah ! Nastenka, il y a donc des gens que nous remercions d'avoir seulement traversé notre vie !... Mais c'est à moi à vous remercier de ce que je vous ai rencontrée et du souvenir immortel que vous me laisserez.

— Allons, assez... Nous avions donc décidé qu'à peine revenu, il me ferait savoir son retour par une lettre qu'il laisserait pour moi chez certains de nos amis qui ne se doutent de rien. Ou bien, s'il ne peut m'écrire, car il y a des choses qu'on ne peut pas dire dans une lettre, le jour même de son arrivée, il doit être ici à dix heures du soir, ici même. Eh bien, je sais qu'il est arrivé, voilà le troisième me jour, et il ne m'écrit ni ne vient. Donnez donc ma lettre demain vous-même aux bonnes gens dont je viens de vous parler ; ils se chargeront de l'envoyer et, s'il y a une réponse, vous me l'apporterez ici, comme toujours.

— Mais la lettre, la lettre ! il faut d'abord l'écrire, ou tout cela ne pourra se faire qu'après-demain !

— La lettre... dit Nastenka un peu troublée, la lettre... mais... Elle n'acheva pas, elle détourna son petit visage rose et je sentis dans ma main une lettre toute prête et cachetée. Un souvenir familier, gracieux et charmant me vint.

— R o, ro ; s i, si ; n a, na, commençai-je.

« Rosina ! » chantâmes-nous tous les deux. Je l'étreignais presque dans mes bras, j'étais transporté de joie. Elle riait à travers les larmes qui tremblaient au bord de ses cils.

— À demain. Vous avez la lettre et l'adresse.

Elle me serra fortement les mains, salua de la tête et disparut. Je restai longtemps immobile, la suivant des yeux.

# TROISIÈME NUIT

Journée triste, pluvieuse, terne comme une vieillesse future. D'étranges pensées se pressent dans ma tête ; ce sont des problèmes, des mystères où je ne distingue rien, des questions que je n'ai ni la force ni la volonté de résoudre. Non, ce n'est pas à moi de résoudre toutes ces questions.

Nous ne nous verrons pas aujourd'hui. Hier, quand nous nous séparions, des nuages couvraient le ciel, le brouillard commençait. Je dis que le lendemain serait mauvais. Elle ne me répondit pas tout de suite, puis enfin :

— S'il pleut, nous ne nous verrons pas, dit-elle, je ne viendrai pas.

J'espérais encore qu'elle ne s'apercevrait pas de la pluie, et pourtant elle n'est tout de même pas venue.

C'était notre troisième rendez-vous, notre troisième nuit blanche...

Dites !... comme le bonheur fait l'homme excellent ! Il semble qu'on voudrait donner de son cœur, de sa gaîté, de sa joie. Et c'est contagieux, la joie. Hier, dans ses paroles, il y avait tant de bonté pour moi ! Et quelle coquetterie le bonheur inspire aux femmes ! Et moi… sot ! Je pensais qu'elle… Enfin j'ai pris tout cela pour de l'argent comptant.

Mais, mon Dieu, comment donc ai-je pu être si sot, si aveugle ? Tout était déjà pris par un autre ; rien pour moi. Ces tendresses, ces soins, cet amour… Oui, son amour pour moi, ce n'était que la joie d'une entrevue prochaine avec un autre ; c'était aussi le désir d'essayer sur moi son bonheur… et quand l'heure a sonné sans qu'il fût là, comme elle est devenue morne, comme elle a perdu courage ! Tous ses mouvements, toutes ses paroles étaient désolées, et cependant elle redoublait d'attentions pour moi, comme pour me demander de la tromper doucement, de la persuader que la réalité était fausse ; enfin, elle se découragea tout juste au moment où je m'imaginais qu'elle avait compris mon amour, qu'elle avait pitié de mon pauvre amour. N'est-ce pas ainsi quand nous sommes malheureux ? Ne sentons-nous pas plus profondément la douleur des autres ?…

Et je venais aujourd'hui, le cœur plein, attendant impatiemment le moment du rendez-vous ; je ne pressentais point ce que je sens maintenant et que tout finirait ainsi. Elle était rayonnante de joie, elle attendait une réponse. La réponse, c'était lui-même. Nul doute qu'il n'accourût à son appel. Elle était venue avant moi, une grande heure avant moi. D'abord elle riait à tout propos. Je commençai à parler, mais bientôt je me tus.

— Savez-vous pourquoi je suis joyeuse, si joyeuse de vous voir, et pourquoi je vous aime tant aujourd'hui ?

— Eh bien ?

— Je vous aime parce que vous n'êtes pas devenu amoureux de moi. Un autre à votre place commencerait à m'inquiéter, à m'importuner. Il ferait des « oh ! » des « ah ! » Mais vous… Vous, vous êtes charmant !

Et elle me serra la main avec force.

— Quel bon ami j'ai là ! reprit-elle très sérieusement. Que deviendrais-je sans vous ? Quel dévouement ! Quand je me marierai, nous serons grands amis, plus que frère et sœur, je vous aimerai presque autant que lui.

J'étais affreusement triste. Chacun de ses mots me blessait.

— Qu'avez-vous ? lui demandai-je brusquement, vous avez une crise ? Vous pensez qu'il ne viendra pas ?

— Que dites-vous ? Si je n'étais pas si heureuse, je crois que je pleurerais de vous voir si méfiant. Des reproches ? Pourtant vous me faites réfléchir : mais j'y penserai plus tard… quoi que ce soit bien vrai, ce que vous me disiez ; oui, je suis tout à fait hors de moi, je suis tout attente ; cela tarde un peu trop…

En ce moment, des pas retentirent, et dans l'obscurité apparut un passant qui venait juste à notre rencontre. Nastenka tressaillit, elle faillit jeter un cri, je laissai sa main et fis un mouvement comme pour m'en aller, mais nous nous étions trompés, ce n'était pas lui.

— Que craignez-vous ? Pourquoi quitter ma main ? Nous le rencontrerons ensemble, n'est-ce pas ? Je veux qu'il sache comme nous nous aimons.

— Comme nous nous aimons ! répétai-je.

Et je pensais : « Ô Nastenka, Nastenka, que viens-tu de dire ? Notre amour !... ta main est froide, la mienne brûle. Quelle aveugle tu es, Nastenka ! Comme le bonheur endurcit !... Mais je ne veux pas me fâcher contre toi... »

Je sentis enfin mon cœur trop plein.

— Nastenka ! savez-vous ce que j'ai fait aujourd'hui ?

— Eh bien ! quoi ? Dites vite ; pourquoi avez-vous tant attendu pour le dire ?

— D'abord, Nastenka, j'ai fait votre commission, porté votre lettre, vu vos bonnes gens ; ensuite... ensuite je suis rentré chez moi et je me suis couché.

— Et c'est tout ?

— Presque tout ! répondis-je le cœur serré, car je sentais mes yeux se remplir de larmes ridicules. Je me suis réveillé un peu avant notre rendez-vous ; en réalité, je n'avais pas dormi ; le temps s'était arrêté pour moi, et tout de même je m'éveillais au bruit de quelques mélodies dès longtemps connues, puis oubliées, et puis rappelées ; il me semblait que, toute ma vie, cette mélodie avait voulu sortir de mon âme et que maintenant seulement...

— Ah ! mon Dieu ! mon Dieu ! interrompit Nastenka, mais je n'y comprends rien.

— Ah ! Nastenka ! je voudrais vous expliquer ces sentiments étranges, repris-je d'une voix suppliante qui venait du fond de mon cœur…

— Oh ! assez ! dit-elle.

Elle avait deviné. Et tout à coup elle devint extraordinairement bavarde et gaie, prit mon bras, rit, exigea que je rie… Je commençais à m'attrister, il me semblait qu'elle devenait coquette.

— Tout de même je suis un peu fâchée que vous ne soyez pas amoureux de moi… Ah ! ah ! je vous dis tout ce qui me passe par la tête.

— Onze heures !

Elle s'arrêta brusquement, cessa de rire et se mit à compter les tintements de la cloche qui vibrait dans le prochain clocher.

— Onze heures ! dit-elle d'une voix indécise, onze heures !

Je me repentis aussitôt de l'espèce de crise de méchanceté qui m'avait obligé à lui faire remarquer cette heure, pour elle si triste. Et je me sentis triste comme elle ; je ne savais comment réparer ma faute. Je cherchais à cette absence prolongée des explications et j'en trouvais. D'ailleurs, dans un tel moment on accueille si volontiers les plus improbables consolations ! On est si heureux de la moindre apparence d'excuse !

— Oui ! et chose étrange, commençai-je en m'échauffant déjà et en admirant la clarté extraordinaire de mes arguments ; vous m'avez fait partager votre erreur, Nastenka ! Mais il ne pouvait pas venir... pensez seulement, c'est à peine s'il a votre lettre. Eh bien ! il est empêché, il va vous répondre et vous n'aurez sa réponse que demain. J'irai la chercher dès que le jour poindra, et vous la ferai aussitôt parvenir !... N'est-ce pas, il n'était pas chez lui quand votre lettre est arrivée ; ou bien il n'est même pas encore rentré !... tout est possible.

— Oui, oui, répondit Nastenka, je n'y pensais pas, certainement cela peut arriver, continua-t-elle d'une voix très convaincue, mais où perçait une dissonance de dépit. Voici ce que vous ferez : vous irez demain le plus tôt possible et si vous avez quelque nouvelle, faites-le-moi savoir aussitôt... Vous savez mon adresse...

Et tout à coup elle devint si tendre, si timidement tendre avec moi !... elle semblait écouter attentivement ce que je lui disais ; mais à une certaine question, elle se tut, et détourna sa petite tête ; je la regardai dans les yeux, elle pleurait.

— Allons, est-ce possible ? quel enfantillage ! Cessez donc !

Elle essaya de sourire et se calma ; mais son menton tremblait et sa poitrine se soulevait encore.

— Je pense à vous ! me dit-elle après un silence ; vous êtes si bon qu'il faudrait que je fusse insensible pour ne pas m'en apercevoir. Et je vous comparais tous deux dans ma tête… Pourquoi n'est-il pas vous ? Je vous préférerais, mais c'est lui que j'aime.

Je ne répondis pas. Elle semblait attendre ma réponse.

— Certes, je ne le comprends peut-être pas encore, je ne le connais peut-être pas assez ; j'avais un peu peur de lui, il était toujours si sérieux ; je craignais qu'il n'eût de l'orgueil, et pourtant je sais bien qu'il y a dans son cœur plus de réelle tendresse que dans le mien ; je me souviens toujours de son bon, de son généreux regard, le soir où je vins à lui avec mon petit paquet. Mais peut-être ai-je pour lui une estime exagérée ?

— Non, Nastenka ! non, répondis-je ; cela signifie que vous l'aimez plus que tout au monde, et plus que vous-même.

— Supposons que ce soit cela. Mais savez-vous ce qui me passe par la tête ? Je ne parle plus de lui… je parle en général… Pourquoi l'homme le meilleur est-il toujours occupé à cacher quelque chose aux autres hommes ? Le cœur sur la main, ce n'est qu'un mot ! Pourquoi ne pas dire tout de suite franchement ce qu'on a dans le cœur si l'on sait que ce n'est pas au vent qu'on jette ses paroles ? Et chacun affecte une sévérité outrée, comme pour avertir le monde de ne pas blesser ses sentiments… Et ses sentiments, tout le monde les cache.

— Ah ! Nastenka, vous dites vrai, mais cela a bien des causes ! murmurai-je, étant moi-même plus que jamais disposé à refouler dans le secret de mon âme mes sentiments.

— Non, non, répondit-elle ; vous n'êtes pas comme les autres, vous ; il me semble que... en cet instant même... enfin il me semble que vous vous sacrifiez pour moi ! dit-elle en me regardant d'un air pénétrant. Pardonnez-moi si je vous parle ainsi ; vous savez, je suis une simple fille, je connais peu le monde et je ne sais pas toujours m'exprimer (elle avait un sourire gêné), mais je sais être reconnaissante... Oh ! que Dieu vous donne du bonheur ! Ce que vous me disiez de votre rêveur n'est pas vrai du tout ; c'est-à-dire ce n'est pas vous du tout, ou du moins vous êtes guéri ; vous êtes un tout autre homme que celui que vous avez décrit. Si jamais vous aimez quelqu'un, que Dieu vous fasse heureux ! et celle que vous aimerez, je ne lui souhaite rien de plus, car elle sera heureuse, puisque vous l'aimerez... je suis une femme, vous pouvez m'en croire, je m'y connais...

Elle se tut et me serra fortement la main ; j'étais si ému que je ne pouvais parler.

— Oui, il est probable qu'il ne viendra pas aujourd'hui, dit-elle après un silence. C'est déjà tard.

— Il viendra demain.

— Oui, demain, je vois bien, il viendra demain. Au revoir donc, à demain. S'il pleut je ne viendrai pas, mais après-demain je viendrai sûrement, quelque temps qu'il fasse, je viendrai absolument. Il faut que je vous voie.

Et en me quittant, elle me tendit la main et elle dit en me regardant d'un air très calme :

— Nous sommes unis pour toujours.

(Ô Nastenka ! Nastenka ! comme je suis seul pourtant !)

Neuf heures : je n'ai pu rester dans ma chambre ; je me suis habillé et je suis sorti malgré le mauvais temps.

Je suis allé là… Je me suis assis sur notre banc. Puis je poussai jusqu'à la ruelle, mais je me sentis honteux et je revins sur mes pas sans avoir regardé ses fenêtres ; mais je n'avais pas fait deux pas que déjà je retournais tant j'étais triste. Quel temps ! S'il faisait beau, je me promènerais toute la nuit…

Mais à demain, à demain ! Demain elle me racontera tout. Pourtant, s'il se pouvait qu'il n'y eût pas de lettre aujourd'hui !… mais non, il est bien qu'il y ait une lettre… et d'ailleurs ils sont déjà ensemble…

# QUATRIÈME NUIT

Dieu ! comme tout cela a fini ! comme tout cela a fini ! Je suis arrivé à neuf heures, elle était déjà là. Je la vis de loin accoudée au parapet du quai ; elle ne m'entendit pas approcher.

— Nastenka ! appelai-je en maîtrisant mon émotion.

Elle se retourna vivement vers moi.

— Eh bien ! dit-elle, eh bien ! Vite !

Je la regardai avec étonnement.

— Eh bien ! la lettre, l'avez-vous apportée ? dit-elle en se retenant de la main au parapet.

— Non, je n'ai pas de lettre, finis-je par dire, n'est-il donc pas encore venu ?

Elle pâlit affreusement et me regarda longtemps, longtemps ; j'avais brisé son dernier espoir.

— Eh bien ! que Dieu lui pardonne, dit-elle enfin d'une voix entrecoupée, que Dieu lui pardonne.

Elle baissa les yeux, puis voulut me regarder, mais ne put ; pendant quelques instants encore elle s'efforça de dominer son émotion et tout à coup se détourna, s'accouda au parapet et éclata en sanglots.

— Voyons ! cessez donc ! commençai-je à dire. Cessez donc...

Mais je n'eus pas la force de continuer en la regardant, et d'ailleurs qu'avais-je à lui dire ?

— N'essayez pas de me consoler, disait-elle en pleurant, ne me parlez pas de lui, ne dites pas qu'il viendra, qu'il ne m'a pas abandonnée. Pourquoi ? Y avait-il donc quelque chose dans ma lettre, dans cette malheureuse lettre ?...

Les sanglots interrompirent sa voix.

— Oh ! que c'est cruel ! inhumain ! et pas un mot, pas un mot ! S'il avait au moins répondu qu'il ne veut plus de moi, qu'il me repousse... mais ne pas écrire une ligne pendant trois jours entiers ! Il est si facile d'offenser, de blesser une pauvre jeune fille sans défense, qui n'a que le tort d'aimer ! Oh ! combien j'ai souffert durant ces trois jours, mon Dieu ! mon Dieu ! Et dire que je suis allée chez lui moi-même, que je me suis humiliée devant lui, que j'ai pleuré, que je l'ai supplié, que je lui ai demandé son amour, et après tout cela... Ce n'est pas vrai, ce n'est pas possible, n'est-ce pas ? (Ses yeux noirs jetaient des éclairs.) Ce n'est pas naturel, nous nous sommes trompés, vous et moi ; il n'aura pas reçu ma lettre ! il ne sait encore rien ! Comment cela se pourrait-il ? Jugez vous-même ; dites-moi ; expliquez-moi : est-il possible d'agir aussi barbarement ! Pas un mot ! mais au dernier des hommes on est plus pitoyable ! Peut-être lui aura-t-on dit quelque chose contre moi ? hein ! qu'en pensez-vous ?

— Écoutez, Nastenka, j'irai chez lui demain de votre part.

— Et puis ?

— Et je lui dirai tout.

— Et puis ! et puis ?

— Vous écrirez une lettre. Ne dites pas non, Nastenka, ne dites pas non ! Je le forcerai à prendre en bonne part votre démarche. Il saura tout, et si…

— Non, mon ami, non, interrompit-elle, je n'écrirai pas. Plus un mot de moi. Je ne le connais plus, je ne l'aime plus. Je l'ou-bli-e-rai…

Elle n'acheva pas.

— Tranquillisez-vous ! Asseyez-vous ici !

Je lui montrais une place sur le banc.

— Mais je suis tranquille. C'est bien cela… oh ! je ne pleure plus… vous pensez peut-être que je vais… me tuer… me noyer…

Mon cœur était plein ; je voulais parler et je ne pouvais. Elle me prit la main :

— Vous n'auriez pas agi ainsi, vous n'auriez pas abandonné celle qui était venue à vous d'elle-même ; vous auriez eu pitié d'elle ; vous vous représenteriez qu'elle était toute seule, qu'elle ne savait pas se gouverner, qu'elle ne pouvait pas s'empêcher de vous aimer, qu'elle n'est pas coupable enfin ! qu'elle n'est pas coupable... qu'elle n'a rien fait !... mon Dieu ! mon Dieu !

— Nastenka ! m'écriai-je, Nastenka ! vous me déchirez le cœur ! vous me tuez ! Nastenka ! je ne puis plus me taire, il faut que je vous dise... ce qui bouillonne dans mon cœur.

Je me levai. Elle retint ma main et me regarda, étonnée.

— Qu'avez-vous ?

— Nastenka, dis-je avec décision, tout cela est sot, impossible ; au nom de toutes vos souffrances, je vous supplie de me pardonner...

— Mais quoi ? quoi ? dit-elle, cessant de pleurer et me regardant fixement, tandis qu'une curiosité étrange étincelait dans ses yeux étonnés. Qu'avez-vous ?

— Irréalisable !... Mais je vous aime, Nastenka ! voilà ce qui est ! Et maintenant tout est dit, fis-je en laissant désespérément tomber ma main. Maintenant, voyez si vous pouvez me parler comme vous faisiez tout à l'heure, si vous pouvez écouter ce que je veux vous dire...

— Mais quoi donc ? interrompit Nastenka ; mais que va-t-il me dire ? Il y a longtemps que je le sais ; mais il me semblait toujours que vous m'aimiez simplement, comme ça...

— En effet, Nastenka, c'était d'abord simple, et maintenant, maintenant... je suis comme vous étiez quand vous êtes allée chez lui avec votre petit paquet, et je suis plus à plaindre que vous n'étiez, Nastenka : il n'aimait alors personne...

— Que me dites-vous ? Je n'ai pas tout compris, mais quoi ? Cela vous prend tout à coup ?... Mais quelle sottise je dis !...

Nastenka resta très confuse ; ses joues s'allumaient ; elle baissa les yeux.

— Mais que faire, Nastenka ? Que dois-je faire ? Ai-je tort de vous aimer ? Non, cela ne peut vous offenser. J'étais votre ami, eh bien ! je le suis toujours, rien n'est changé... Voilà que je pleure, Nastenka ; je suis ridicule, n'est-ce pas ? Bah ! laissez-moi pleurer, cela ne gêne personne ; mes larmes sécheront, Nastenka.

— Mais asseyez-vous donc, asseyez-vous ! dit-elle.

— Non, Nastenka, je ne m'assiérai pas, je ne peux plus rester ici, vous ne pouvez plus me voir : je n'ai plus qu'un mot à vous dire et je m'en vais ; voici : vous n'auriez jamais su que je vous aime, j'aurais gardé mon secret ; mais, c'est votre faute ; vous m'avez forcé à parler, je vous ai vue pleurer, je n'ai pu y tenir, j'ai tout dit et... et vous n'avez plus le droit de m'éloigner de vous...

— Mais qui vous dit de vous éloigner ?

— Quoi ! vous ne me dites pas de m'en aller ? et moi qui voulais de moi-même vous quitter ? Et en effet, je m'en irai ; mais auparavant je vous dirai tout. Tout à l'heure, quand vous pleuriez, je ne pouvais me tenir en place ; quand vous pleuriez, vous savez… parce qu'un autre ne veut pas de votre amour. J'ai senti, moi, dans mon cœur tant d'amour pour vous, Nastenka, tant d'amour ! Et je ne pouvais plus me taire…

— Oui, oui, parlez, dit Nastenka avec un geste inexplicable. Ne me regardez pas ainsi ; je vous expliquerai… Parlez d'abord.

— Vous avez pitié de moi, Nastenka ? Vous avez tout simplement pitié de moi, ma petite amie ; mais qu'importe ! C'est bien ; tout cela est honnête ; mais voyez-vous, tout à l'heure je pensais (oh ! laissez-moi vous dire…) je pensais que (il va sans dire que cela est impossible, Nastenka), je pensais que d'une façon quelconque… vous ne l'aimiez plus. Alors, — je pensais à cela hier et avant-hier, Nastenka — alors s'il en était ainsi, je tâcherais de me faire aimer de vous, absolument. Ne me disiez-vous pas que vous êtes tout près de m'aimer ? Eh bien… il me reste à dire… Qu'est-ce qui arriverait si vous m'aimiez ? Mon amie, car vous êtes en tous cas mon amie, je suis certes un homme simple, sans importance, mais ce n'est pas l'affaire, je ne sais pas m'expliquer, Nastenka. Seulement, je vous aimerais tant, Nastenka, je vous aimerais tant, que si vous l'aimiez encore, oui, même si vous aimiez encore celui que je ne connais pas, du moins vous ne remarqueriez jamais que mon amour vous pesât. Et je vous aurais tant de reconnaissance !… Ah ! qu'avez-vous fait de moi ?

— Ne pleurez donc pas, dit Nastenka en se levant ; allons, levez-vous, venez avec moi ; je vous défends de pleurer. Finissez… Soit. Puisqu'il m'abandonne, m'oublie, quoique je l'aime encore (je ne veux pas vous tromper)… si par exemple je vous aimais, c'est-à-dire si, seulement si… Ô mon ami, quand je pense que je vous ai offensé, que je vous ai félicité de n'être pas amoureux de moi… Sotte ! mais je suis décidée…

— Nastenka, je m'en vais, car au fond je vous fais souffrir. Voilà que vous avez des scrupules à mon sujet, comme si vous n'aviez pas assez de votre chagrin. Adieu, Nastenka.

— Attendez donc.

— Attendre quoi ?

— Je l'aime, mais ça passera… Qui sait ? Peut-être sera-ce fini aujourd'hui même. Je veux le haïr, n'est-il pas en train de se moquer de moi. Qui sait ? il ne m'a peut-être jamais aimée ; je vous aime, mon ami, oui, je vous aime, je vous aime comme vous m'aimez. Je vous aime plus que lui…

L'agitation de la pauvre fille était si forte qu'elle ne put achever, posa sa tête sur mon épaule et sanglota ; je la consolai, je la raisonnai ; elle serrait ma main et me parlait en sanglotant.

— Attendez ! ça va cesser !

Elle cessa en effet, essuya ses joues et nous nous mîmes à marcher ; je voulais parler, mais longtemps encore elle me pria d'attendre ; nous nous taisions ; elle reprit enfin sa présence d'esprit et se remit à parler.

— Voici... commença-t-elle d'une voix tremblante où vibrait un accent qui m'allait droit au cœur, ne pensez pas que je sois inconstante, que j'aie pu si facilement oublier et trahir. Pendant tout un an je l'ai aimé, je n'ai pas eu de pensée qui ne fût à lui. Mais vous voyez, il m'abandonne. Eh bien !... je ne l'aime plus, car je ne puis aimer que ce qui est noble, généreux ; que Dieu lui pardonne ! Il a bien fait, d'ailleurs. Ah ! si je m'étais détrompée trop tard ? C'est fini ! Peut-être n'était-ce qu'une illusion. Peut-être ne l'eussé-je pas tant aimé si j'avais été moins sévèrement tenue par ma babouschka. Peut-être est-ce un autre que je devais aimer. Je veux dire que, malgré que je l'aime (non, que je l'aie aimé), si vous sentez que votre amour est assez grand pour chasser de mon cœur tout autre sentiment et pour remplir mon cœur, si vous avez pitié de moi, si vous ne voulez pas me laisser seule, si vous voulez m'aimer toujours comme maintenant, je vous jure alors que ma reconnaissance, que mon amour enfin sera digne du vôtre... Prendrez-vous maintenant ma main ?

— Nastenka ! m'écriai-je étouffant de sanglots ; Nastenka !

— C'est tout à fait assez ! dit-elle en se dominant. Tout est dit, n'est-ce pas ? Eh bien ! vous êtes heureux ? Maintenant, parlons d'autre chose, voulez-vous ?

— Oui, Nastenka, oui, parlons d'autre chose ! oui, parlons d'autre chose ! Je suis heureux, je suis... Eh bien, Nastenka, parlez-moi donc d'autre chose. Vite, parlez, je suis prêt.

Nous ne savions que dire. Puis tout à coup ce fut un déluge de paroles sans suite ni sens : nous marchions tantôt sur le trottoir, tantôt au milieu de la rue, nous nous arrêtions, et puis nous marchions vite, nous allions comme des enfants.

— Je demeure seul, Nastenka ; il faut que vous sachiez que je suis pauvre ; je possède douze cents roubles.

— Il faut prendre avec nous la babouschka ; elle a sa retraite, elle ne nous gênera pas, mais il faut absolument la prendre.

— Mais bien sûr, d'ailleurs je garderai Matrena.

— Ah ! oui, et moi Fekla.

— Matrena est une bonne femme ; son seul défaut est qu'elle manque totalement d'imagination.

— Ça ne fait rien... Dites, il faudra emménager chez nous demain.

— Comment cela, chez nous ?

— Oui, vous prendrez le pavillon ; la babouschka veut le louer à un jeune homme. Je lui ai dit : pourquoi à un jeune homme ? Elle m'a répondu : Je me fais vieille. J'ai compris son intention.

Nous nous mîmes à rire tous deux.

— Mais où demeurez-vous donc ? J'ai déjà oublié.

— Dans la maison de Baramiskov, près du pont.

— Ah ! je sais, une belle maison. Eh bien, donnez congé et venez chez nous tout de suite.

— Dès demain, Nastenka ; je dois quelque chose pour la location, mais ça ne fait rien, je toucherai bientôt mes appointements.

— Savez-vous ? moi, je donnerais des leçons ; j'apprendrai d'abord et puis je donnerai des leçons.

— Entendu ; moi je vais bientôt recevoir une gratification.

— Enfin, vous serez demain notre locataire.

— Oui, et nous irons aussi voir le Barbier de Séville, on le donne bientôt.

— Oh ! dit Nastenka, plutôt quelque autre chose.

— Comme vous voudrez, je n'y pensais pas.

Tout en parlant, nous allions sans savoir où nous étions, nous arrêtant, nous remettant à marcher, redevenant graves après avoir beaucoup ri et pleuré, pour aller, Dieu sait où, pleurer et rire encore. Nastenka voulait rentrer, je ne la retenais pas, je l'accompagnais, et un quart d'heure après, nous nous retrouvions, assis sur notre banc, puis elle soupirait ; je redevenais timide... jusqu'à ce que sa main vînt chercher la mienne, et alors nous recommencions à bavarder.

— Il est temps de rentrer, il est déjà très tard, dit enfin Nastenka, c'est assez faire les enfants.

— Je ne dormirai guère cette nuit, Nastenka ! D'ailleurs, je ne rentrerai pas.

— Je ne dormirai guère non plus, accompagnez-moi. Mais allons bien chez nous, cette fois ?

— Absolument, absolument.

— Parole d'honneur ? car tout de même il faut rentrer.

— Parole... Regardez le ciel, Nastenka, il fera beau demain. Le ciel est bleu ! Quelle lune ! Ah ! un nuage ! Bon ! il est passé !

Nastenka ne regardait pas les nuages ; elle ne parlait plus ; je sentis sa main trembler dans la mienne, et à ce moment, un jeune homme passa près de nous, il s'arrêta, nous regarda fixement et fit de nouveau quelques pas.

— Nastenka, dis-je à demi-voix, qui est-ce ?

— C'est lui, répondit-elle d'une voix très basse et en se serrant davantage contre moi.

Je tressaillis, j'eus peine à rester debout.

— Nastenka ! dit une voix derrière nous, Nastenka.

Dieu ! quel cri, comme elle s'arracha de moi et vola à sa rencontre ! J'étais comme foudroyé ! Mais elle ne l'eut pas plutôt serré dans ses bras qu'elle revint à moi, enlaça mon cou de ses deux mains et m'embrassa violemment, puis, sans dire un seul mot, me quitta de nouveau, prit l'autre par la main et partit avec lui.

Je ne les vis pas s'éloigner.

# LE MATIN

La journée n'était pas belle. Les gouttes d'eau faisaient un bruit triste sur mes vitres ; sombre dans ma chambre, sombre dehors. La tête me tournait, j'avais la fièvre.

— Une lettre pour toi, mon petit père, c'est le postillon qui l'apporte, me dit Matrena.

— De qui donc ? demandai-je sans savoir ce que je disais.

— Comment le saurais-je, mon petit père ? Lis toi-même.

Je brisai le cachet.

« Oh ! pardonnez-moi. Je vous supplie à genoux de me pardonner ; je ne voulais pas vous tromper, et pourtant je vous ai trompé. Pardon ! Pourtant je n'ai pas changé pour vous, je vous aimais, je vous aime encore ; pourquoi n'êtes-vous pas lui ?

« Oh ! s'il était vous !

« Dieu voit tout ce que je voudrais faire pour vous ; vous avez beaucoup souffert et moi aussi je vous ai fait souffrir ; mais l'offense s'oubliera et il vous restera la douceur de m'aimer. Je vous remercie, oui, je vous remercie de votre amour. Il est gravé dans mon esprit comme un beau rêve qu'on se rappelle longtemps après le réveil ; je n'oublierai jamais l'instant où vous m'avez si généreusement offert votre cœur en échange du mien tout meurtri. Si vous me pardonnez, j'aurai pour vous une reconnaissance presque amoureuse à laquelle je serai fidèle. Je ne trahirai pas votre cœur et nous nous rencontrerons, vous viendrez chez nous, vous serez notre meilleur ami. Vous m'aimerez comme avant. Je me marie la semaine prochaine, j'irai avec lui chez vous. Vous l'aimerez, n'est-ce pas ? Pardon encore. Merci encore. Aimez toujours votre Nastenka. »

Longtemps, longtemps je relus cette lettre ; enfin elle tomba de mes mains et je me cachai le visage.

— Mon petit père, dit Matrena.

— Quoi, vieille ?

— J'ai enlevé toutes les toiles d'araignées, toutes ; si maintenant tu veux te marier, la maison est propre.

Je regardai Matrena. C'était une vieille encore assez bien conservée, plutôt jeune, mais pourquoi donc son regard me semblait-il si éteint, son visage si ridé, ses épaules si voûtées, toute la créature si décrépite ? Et pourquoi me semblait-il que la chambre eût vieilli comme la vieille ? Les murs et le plancher étaient ternes, et des toiles d'araignées ! il y en avait plus que jamais. Tout était sombre... oui, j'avais devant moi la perspective de mon avenir, triste, triste, oh ! triste. Je me vis ce jour-là tel que je suis aujourd'hui quinze ans après, dans la même chambre, avec la même Matrena qui n'a pas plus d'imagination qu'autrefois.

Et je n'ai pas revu Nastenka. Attrister de ma présence son bonheur, être un reproche, faner les fleurs qu'elle noua dans ses cheveux en allant à l'autel ? jamais, jamais ! Que ton ciel soit serein, que ton sourire soit clair ! Je te bénis pour l'instant de joie que tu as donné au passant morne, étranger, solitaire...

Mon Dieu ! tout un instant de bonheur ! N'est-ce pas assez pour toute une vie ?

FIN

Made in the USA
Las Vegas, NV
15 November 2026

709c584f-0c9e-46d3-9e8a-67ea484b1365R02